AF445939

Il sistema degli appalti

Giuseppe Ciccia

Il sistema degli appalti

Romanzo

Amanti del Giallo

Dello stesso autore:

Un uomo fortunato
I due volti dell'inganno
Il rifugio di ghiaccio
La ragazza dal cappotto rosso
Quella notte sul treno

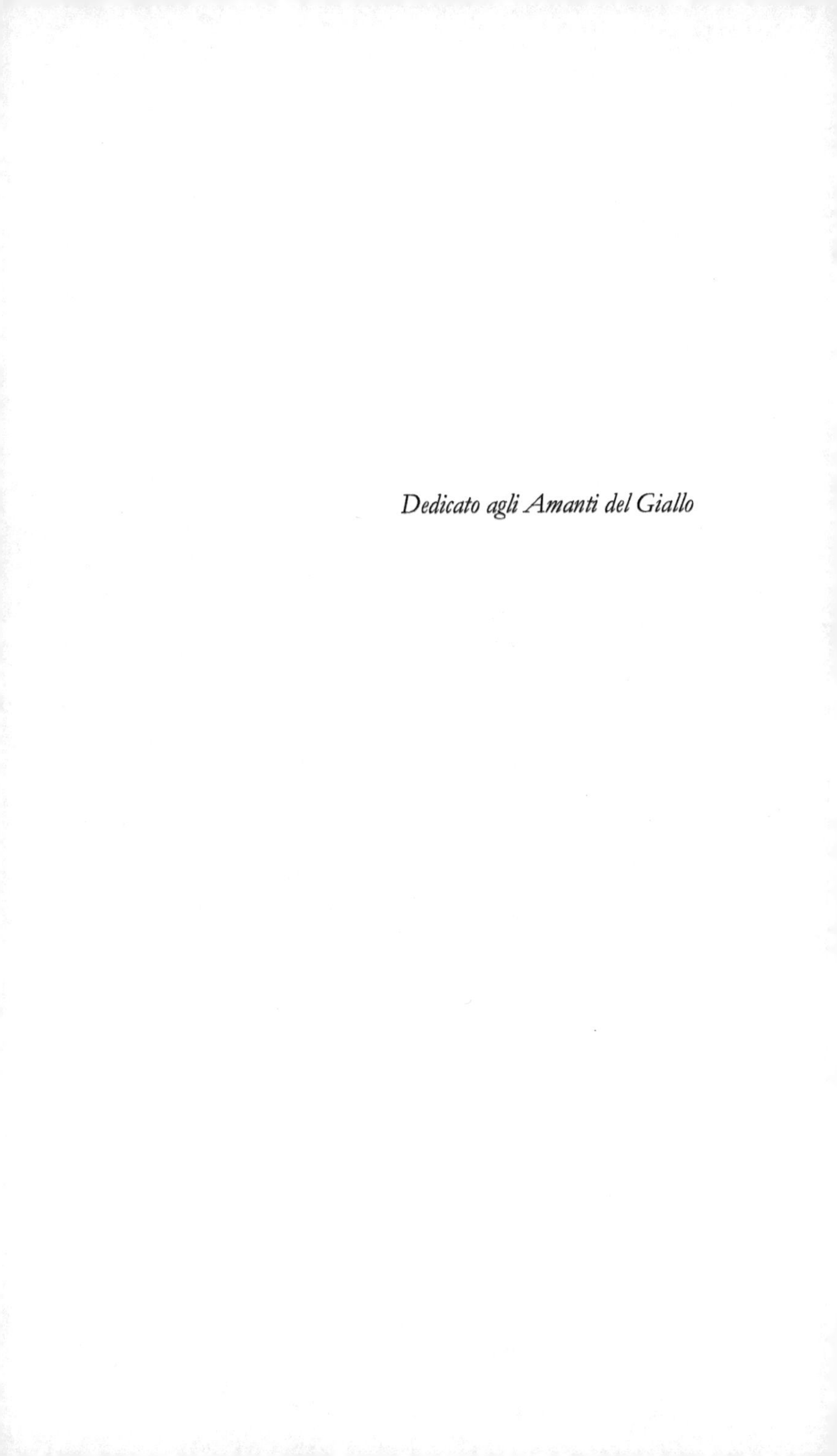

Dedicato agli Amanti del Giallo

1

A nord-ovest di Milano, a una distanza di circa venti chilometri, c'è una vasta area, ora dismessa, di oltre cento ettari; una zona pianeggiante facilmente raggiungibile da diverse strade, statali e autostradali. L'immensa area è stata luogo, qualche anno fa, di una delle esposizioni mondiali più grandi del pianeta, per la produzione di fabbisogno alimentare.

Questo luogo, uno dei più vasti di tutta la provincia lombarda, è oggetto di riqualificazione e realizzazione di opere primarie, finalizzata alla costruzione di nuovi insediamenti abitativi e produttivi. Un'opera gigantesca che il comune di Milano intende appaltare, mediante uno stanziamento di dieci miliardi, finanziati dall'Unione Europea e, dalla Regione Lombardia. L'appalto consiste in una gara pubblica rivolta alle grandi imprese di costruzioni italiane, che abbiano i requisiti tecnici e finanziari solidi, a garanzia dell'opera.

Il primo del mese di maggio è stato pubblicato il bando di gara; molte imprese si sono messe subito all'opera per partecipare a quest'appalto 'appetibile'. Oltre a tutta una serie di documenti da presentare, per dimostrare di avere i requisiti necessari richiesti dal bando di gara, è fatto obbligo alle imprese partecipanti di recarsi sul posto, e prendere visione dell'area mediante un accurato sopralluogo, per determinare il cosiddetto ribasso d'asta, da offrire all'amministrazione appaltante.

A questo grande appalto, hanno partecipato quattro grosse imprese: una siciliana, una lombarda, una romana e una bolognese. Queste grandi imprese hanno dimostrato di avere capacità economiche finanziarie abbastanza solide a partecipare. Una di queste, l'impresa emiliana Franchini spa, si è recata una mattina per fare il sopralluogo nell'area in cui si sarebbero svolti i lavori. Alla guida dell'auto, c'era l'ingegner Franchini, l'omonimo titolare dell'impresa, insieme a due suoi collaboratori: la segretaria Veronica e il tecnico dell'impresa geometra Chiodini.

Quella mattina era una splendida giornata primaverile. Partirono da Bologna molto presto, per raggiungere la vasta area lombarda, luogo dell'intervento di riqualificazione. La certificazione di avvenuto sopralluogo, debitamente compilata e timbrata da allegare insieme agli altri documenti, era stata rilasciata dal geometra Marino, tecnico del comune di Milano, incaricato per questo servizio e presente quel giorno previo appuntamento.

Dopo un viaggio di oltre due ore, arrivano a destinazione. Erano le dieci quando s'incontrarono in prossimità di una piazzola con il tecnico del comune. Dopo essersi presentati, Marino salì sull'auto dall'ingegner Franchini, e iniziare il sopralluogo.

Durante il percorso, Marino diede indicazioni tecniche riguardanti i lavori da eseguire e le difficoltà che questi avrebbero comportato. Con i disegni alla mano, il tecnico spiegò con dovizia di particolari i lavori da eseguire, in modo preciso ed esauriente. Dopo aver percorso tutta l'area, l'ingegnere si ritenne pienamente edotto e soddisfatto. A quel punto, Marino rilasciò il certificato di avvenuto sopralluogo all'ingegner Franchini, documento indispensabile per partecipare alla gara.

Erano le tredici quando terminarono il sopralluogo, il momento della pausa pranzo e prima di salutarsi, l'ingegnere disse a Marino che aveva piacere d'invitarlo. Marino accettò volentieri l'invito, e subito dopo, andarono in un ristorante, su indicazione di Marino. Due ore dopo, uscirono dal locale e si salutarono. Saliti in auto, l'ingegnere e i suoi dipendenti rientrarono a Bologna.

2

Il lavoro del geometra Marino era di accompagnare le imprese, che dovevano partecipare alla gara, a prendere visione dei luoghi in cui si sarebbero svolti i lavori. Era un requisito obbligatorio per partecipare alla gara. Le imprese accompagnate da Marino restarono soddisfatte delle indicazioni tecniche ricevute.

Quei giorni trascorsero velocemente; la data della gara, fissata per il trentuno del mese, era ormai alle porte. Le imprese invitate lavoravano febbrilmente per studiare i progetti e, determinare un ribasso d'asta congruo che permettesse di vincere la gara. Non era semplice, ci voleva molta fortuna. I plichi contenenti l'offerta, sigillati con ceralacca, dovevano arrivare in comune il giorno trentuno del mese, entro le dodici e dovevano essere aperti lo stesso giorno, alla presenza di un funzionario del comune. Questi aveva il compito di verbalizzare ufficialmente l'esito della gara.

I primi quindici giorni del mese, mentre le

imprese erano intente a studiare il progetto, l'impresa siciliana era convinta di vincere quella gara. Il titolare di questa grossa impresa di costruzioni, Domenico Russo, aveva molti lavori in quel periodo, sia in Italia sia all'estero. Russo era un uomo sulla sessantina, basso, tarchiato e con i capelli brizzolati. Lavorava da tanti anni nel settore delle costruzioni, e aveva costruito ormai un impero economico molto solido. Era scaltro e fiutava sempre i buoni affari.

A Milano aveva un fratello più piccolo, Antonio, trasferitosi con la famiglia dieci anni fa e titolare, insieme alla moglie Maria, di un negozio di abbigliamento in centro città. Domenico e Antonio andavano molto d'accordo, tra loro e le rispettive famiglie. Come ogni estate, Antonio e Maria trascorrevano le vacanze a Palermo, dove erano nati.

Un giorno Domenico telefonò il fratello dicendogli che andava a trovarlo, poiché doveva partecipare a un grosso appalto, a Milano. Antonio fu felicissimo e informò subito Maria e i figli. In quei due giorni di permanenza del fratello, Antonio ne approfittò per prendersi qualche giorno libero, facendosi sostituire dalla moglie in negozio. Il venti del mese, di pomeriggio, Domenico prese l'aereo a Palermo, e dopo due ore di volo, atterrò all'aeroporto di Malpensa, dove c'era Antonio ad attenderlo.

Domenico era una persona di poche parole, preciso, scrupoloso e testardo. Quando voleva ottenere qualcosa, s'impuntava caparbiamente fino a ottenerla. Mentre viaggiavano in macchina, dall'aeroporto a casa di Antonio, si scambiarono alcune notizie riguardanti le loro famiglie. A un cero punto, Domenico arrivò al dunque e disse al fratello:

"Ho bisogno di un grosso piacere, e solo tu puoi farmelo stando qui a Milano." Gli rispose Antonio:

"Certamente Domenico, sai che siamo sempre andati d'accordo noi due, dimmi di che si tratta!" E Domenico gli disse:

"Al comune di Milano c'è una grossa gara d'appalto alla quale sto partecipando, e voglio vincerla! Tu che conosci tanta gente in quell'ambiente, devi aiutarmi ad avvicinare le persone coinvolte in questo progetto!"

"Certamente, andiamo assieme in comune a trovarli," rispose Antonio.

"Bene," rispose Domenico.

Dopo un'ora di viaggio arrivarono a casa, dove c'era Maria ad attenderli, insieme ai figli. Quella sera restarono tutti a casa a rievocare tanti ricordi delle loro famiglie.

Il giorno dopo, di buon mattino, nonostante il traffico caotico della città, Antonio e Domenico, si recarono in comune, presso l'assessorato ai lavori pubblici. Dopo aver chiesto alcune informazioni all'usciere, andarono spediti nell'ufficio del geometra Marino. Antonio bussò alla porta e dalla stanza si udì una voce che disse:

"Avanti."

Come entrarono, trovarono Marino seduto dietro una scrivania piena di cartelle, mentre esaminava dei documenti. Dopo i saluti, Antonio e Marino si strinsero la mano come due vecchi compagni di scuola. Marino lo conosceva bene, poiché era un cliente del negozio di Antonio e conosceva anche Maria. Subito dopo, Antonio gli presentò il fratello Domenico, e disse:

"Mio fratello viene dalla Sicilia; anche lui partecipa alla gara di riqualificazione dell'area vasta, il trentuno di questo mese. I tecnici dell'impresa, una settimana fa, hanno fatto il sopralluogo."

"Bene, mi fa piacere," rispose Marino.

Dopo la breve chiacchierata, Marino rimase

contento di questa visita inaspettata e, mentre andavano via, ringraziò Antonio per essere stato così cortese da andare a trovarlo, insieme al fratello. Una volta usciti dall'ufficio di Marino, mentre si trovavano in strada, Antonio fece il numero del centralino del comune e chiese di parlare con il geometra Marino. Questi riconobbe subito la voce di Antonio, e pensò che avesse dimenticato qualcosa nel suo ufficio. Allora Antonio disse:

"Mio fratello è rimasto molto contento d'averla conosciuta e vorrebbe consegnarle un modesto regalo che ha portato dalla Sicilia. Mi chiede se questo pomeriggio potete incontrarvi per consegnarglielo, poiché domani mattina dovrà partire."

"Certamente. Le dico, dove possiamo incontrarci. Superata la piazza, c'è un bar, chiamato Caffè Smeraldo, possiamo incontrarci questo pomeriggio alle diciotto e prendere insieme un caffè."

"D'accordo geometra Marino, riferirò," rispose Antonio al termine di quella telefonata.

4

Quel pomeriggio, Domenico si presentò solo all'appuntamento. Erano le diciotto quando arrivò Marino e lo trovò seduto a un tavolino, fuori dal bar, mentre sfogliava un giornale che aveva portato con sé. Come s'incontrarono, si riconobbero subito. Marino a quel punto disse:

"Come mai Antonio non è venuto?" Gli rispose Domenico:

"Ha detto di scusarlo, poiché è arrivato un carico di merce per il suo negozio, all'ultimo momento, e la moglie da sola non sarebbe riuscita a sistemarlo." Ah, capisco, rispose Marino.

Allora Domenico, senza dilungarsi oltre, spiegò il motivo che l'aveva condotto a quell'appuntamento.

"Mio fratello mi ha parlato di lei, dice che è una persona competente e stimata da molta gente. Mi sono perciò rivolto a lei, perché come sa, sono un costruttore edile, e la gara che si dovrà esperire alla fine del mese, m'interessa in modo particolare. Mi ha detto che lei è una persona disponibile, pertanto mi sono permesso di portarle un regalino dalla Sicilia. Spero lo gradisca per il disturbo che vorrà prendersi:"

Marino, dopo aver sentito quelle parole, si meravigliò e sorrise imbarazzato. Come finì di parlare, Russo tolse da sotto il giornale, una busta contenente cinquemila euro, e gliela diede.

"Questo è per il suo disturbo," disse Russo consegnando la busta.

Il geometra Marino non si lasciò sorprendere da quel gesto, era preparato a queste situazioni, poiché non era la prima volta che gli capitava un fatto simile. E replicando disse:

"Signor Russo, non sono solo io a darle quest'aiuto; deve aspettare fino a stasera, e dopo le farò sapere. Mi dia il suo numero di telefono, così posso chiamarla."

"D'accordo," rispose Russo.

A quel punto ordinarono un caffè, e subito dopo si lasciarono prendendo strade diverse.

Erano trascorse tre ore da quell'appuntamento, e in quel momento squillò il telefonino di Russo. Era il geometra Marino.

"Buonasera signor Russo, la chiamo a proposito di quel favore che mi ha chiesto. Sono disposto a farlo, la saluto e le auguro un buon rientro in Sicilia. Mi saluti suo fratello."

"D'accordo, ci vediamo alla fine del mese per

la gara," rispose Russo.

5

Domenico Russo fu contentissimo di ricevere quella telefonata. Subito dopo chiamò un taxi per accompagnarlo a casa di Antonio, dove l'aspettavano per la cena. Quella sera erano tutti contenti, soprattutto Domenico, il quale disse che il giorno dopo sarebbe rientrato a Palermo, dalla sua famiglia, portando i loro saluti e un abbraccio affettuoso da parte di tutti, con la promessa che sarebbe tornato alla fine del mese per partecipare alla gara d'appalto. Dopo una serata trascorsa in allegria, l'indomani mattina Antonio accompagnò il fratello in aeroporto.

Durante il viaggio in aereo, Russo rifletté molto sulla figura di Marino, pensando di aver trovato una persona che, anche in seguito, gli avrebbe spalancato le porte dell'assessorato ai lavori pubblici! Russo teneva molto a vincere quella gara, poiché gli avrebbe permesso, in seguito, di partecipare a un appalto ancora più grosso di questo! In pratica, si sarebbe dovuto costruire un immenso quartiere satellite a poca distanza da Milano. Marino rappresentava per Russo l'anello di congiunzione con i grossi appalti che il comune di Milano intendeva appaltare, nei prossimi tre anni.

Marino era milanese di nascita e un gran lavoratore; da tanti anni lavora al Comune, dopo aver vinto un concorso pubblico per impiegati tecnici nel settore edilizia privata. Aveva sempre brillato nel suo lavoro, era scaltro, e quando poteva, non rifiutava alcun favore alle persone che glielo chiedevano. Era scapolo, sulla cinquantina, magro e basso. Viveva da solo in un piccolo appartamento, alla periferia di Milano. Quando andava in ufficio, era sempre puntuale, con la sua Uno bianca sempre pulita ed efficiente. Aveva tanti amici, ma aveva un carattere schivo e preferiva stare solo. Dato i suoi meriti professionali, da alcuni anni era stato trasferito nell'ufficio "Gare e Appalti", insieme al suo dirigente ingegner Mantovani, con il quale divideva la stanza al secondo piano dell'assessorato ai lavori pubblici. Il suo era un compito importante e delicato; quando usciva un bando di gara, uno dei requisiti principali era quello di prendere visione dei luoghi dove si sarebbero svolti i lavori; era incaricato di accompagnare sul posto, le imprese che intendevano partecipare. Inoltre, aveva il delicato compito di provvedere alla raccolta dei plichi, contenenti le offerte economiche, selezionarli, catalogarli e consegnarli il giorno della gara, al funzionario incaricato, con il quale andava sempre molto d'accordo.

Le ultime due settimane trascorsero lentamente; Domenico Russo pregustava già la vittoria della gara, alla quale teneva tanto. Il giorno precedente la gara, Russo non andò solo a Milano, ma portò con sé anche Rosa, sua moglie, per stare qualche giorno con Antonio, Maria e i figli, i quali non vedevano l'ora di abbracciarla dopo tanto tempo. Antonio e Maria, come seppero la notizia, si diedero da fare per preparare la stanza matrimoniale per i loro parenti. Il giorno del loro arrivo, Antonio andò con la sua macchina a prenderli in aeroporto. Arrivarono in perfetto orario. Dopo un'ora di macchina, giunsero di pomeriggio a casa di Antonio. Mancava poco alla chiusura del negozio, Maria non vedeva l'ora di rientrare a casa per abbracciare i suoi parenti. Quando arrivò, erano le nove di sera; come vide Rosa, si commosse e l'abbracciò.

Quella sera, per festeggiare l'importante incontro, Domenico propose di andare fuori a cena, insieme ai ragazzi. I figli di Antonio e Maria erano gemelli ed erano nati a Milano, avevano dieci anni e conoscevano poco la Sicilia, essendoci stati poche volte in vacanza con i genitori, dopo la chiusura delle scuole. Antonio era pratico di Milano, conosceva molte persone e molti locali, dove si mangiava bene. Scelsero un ristorante lungo il Naviglio, dove trascorsero una piacevole serata. La mattina seguente i ragazzi dovevano alzarsi presto per andare a scuola; erano gli ultimi giorni e mancava poco alla chiusura dell'anno scolastico. Antonio quella mattina uscì presto per accompagnare i ragazzi, dopo proseguì per aprire il negozio. Dopo qualche ora, uscirono Rosa e Maria per raggiungerlo. Maria era ansiosa di mostrare alla cognata, le migliorie apportate ultimamente al negozio; un motivo in più per uscire insieme e, conoscere le strade del centro di Milano. Domenico, invece, alle dieci chiamò un taxi per farsi accompagnare a Palazzo Marino, alle dodici dovevano aprire le buste con le offerte.

7

Erano le undici quando Domenico giunse all'ingresso del comune. Si dirige spedito al box informazioni, dove c'era l'usciere. Domandò, dove si sarebbe svolta la gara sulla riqualificazione dell'area a nord-ovest di Milano, e gli fu risposto:

"Primo piano, stanza numero diciassette."

"Grazie," rispose Russo.

Con calma si avviò verso la stanza indicatagli dall'usciere. Mancava poco meno di un'ora all'apertura dei plichi, e Russo approfittò per leggere il giornale che aveva con sé, andando a sedersi in un divano, posto in quel lunghissimo corridoio, di fronte alla stanza. Quella mattina furono recapitate quattro offerte per quella gara, consegnate all'usciere comunale, dal postino dell'ufficio postale più vicino; recapitate in orari diversi, l'usciere segnò sulla busta l'orario d'arrivo, dettaglio importante al fine della partecipazione alla gara.

La prima offerta era di un'impresa milanese capogruppo, che partecipava in associazione con altre imprese della provincia di Milano. La seconda offerta arrivò un'ora dopo; anche questa era un'impresa capogruppo in associazione con altre, della provincia di Roma. La terza offerta era quella di Domenico Russo spa, di Palermo, che partecipava singolarmente avendo i mezzi tecnici e finanziari conformi al bando di gara. Infine, la quarta offerta era arrivata entro le dodici, dell'impresa Franchini spa di Bologna; anch'essa partecipava singolarmente. Il sistema degli appalti 33 L'usciere portò le offerte direttamente all'ufficio del secondo piano, dove vi era il geometra Marino, il quale le registrò e le pose in un contenitore di cartone per consegnarle alle dodici al funzionario incaricato.

Tutte le quattro buste arrivarono entro le dodici, in tempo utile per essere ammesse alla gara; erano chiuse, sigillate con la ceralacca e perfettamente integre. Mancavano pochi minuti alle dodici; il geometra Marino si ricordò in quell'istante della 'promessa' fatta a Russo. Prese il suo plico, e sul retro, in basso a destra, versò due gocce di ceralacca. Questo era il segno convenuto per dottor Falchi, il funzionario che doveva aprire il plico e aggiudicarne la vittoria. Marino e Falchi si erano già messi d'accordo, e questa, non era l'unica volta che accadeva. Alle dodici in punto, ebbe inizio la gara. Marino prese il contenitore con i plichi e lo portò immediatamente nella stanza diciassette, al primo piano, dove l'attendeva dottor Falchi con i responsabili delle imprese partecipanti per assistere all'apertura delle offerte. Vi era anche Domenico Russo, impassibile e tranquillo; stava in piedi, vicino alla finestra, col giornale sottobraccio.

8

I plichi erano controllati in ordine d'arrivo. All'interno di ciascuno c'erano tre buste; una conteneva i documenti amministrativi della società, un'altra conteneva la documentazione tecnica ed economica e infine la terza conteneva l'offerta. Le buste erano aperte una per una e controllate per verificare i requisiti necessari imposti dal bando di gara. Ciascun'impresa poteva prendere visione dei documenti contenuti all'interno delle buste, trattandosi di una gara pubblica, e verificare in tal modo la veridicità dei documenti. Quest'operazione si protrasse fino all'apertura del plico di Domenico Russo, il quale, seguiva con attenzione ogni movimento del dottor Falchi.

Dopo l'apertura delle prime tre buste, risultò, quale potenziale vincitore della gara, l'impresa di Domenico Russo, col ribasso del 18,10%; l'offerta più vantaggiosa fino a quel momento per l'amministrazione appaltante. Russo era consapevole che stava vincendo, ma restò impassibile, in piedi e vicino alla finestra, aspettando la conclusione. Era giunto il momento di aprire il quarto plico, quello dell'impresa Franchini di Bologna. Dottor Falchi attese qualche secondo che Marino glielo passasse; e, mentre lo prendeva dal contenitore di cartone, con estrema rapidità piegò un lembo del plico senza che nessuno se ne accorgesse. Vedendo il plico in quelle condizioni, dottor Falchi, a norma del regolamento sugli appalti pubblici, ne decretò l'esclusione dalla gara, motivandola con le seguenti parole:

"Ritengo la non integrità del plico contenente la domanda di partecipazione, tale da far ritenere, secondo le circostanze concrete, che sia stato violato il principio di segretezza dell'offerta."

Tutti videro in quel momento il lembo del plico piegato, anche Russo e l'ingegner Franchini, e dopo averlo ripreso in mano, dottor Falchi appose la scritta sul plico: annullato!

In quell'istante, l'ingegner Franchini andò su tutte le furie, opponendosi bruscamente a quel provvedimento ingiusto e dicendo che avrebbe fatto ricorso anche al consiglio di stato se fosse stato necessario, poiché l'offerta contenuta nel suo plico, se fosse stata aperta, avrebbe contenuto l'offerta più vantaggiosa di Russo, con la quale avrebbe vinto la gara! La decisione presa da dottor Falchi rientrava nei suoi poteri; essendo un funzionario pubblico, egli doveva applicare la legge per una questione di 'trasparenza' nei confronti delle altre imprese. Oramai, soltanto un ricorso pubblico avrebbe potuto ribaltare quel provvedimento. Ricorsi di questo tipo, riguardo alla non integrità del plico e la conseguente esclusione dalla gara, ne capitavano tutti i giorni, essendo la legge sugli appalti pubblici, povero di chiarimenti, riguardo a questo importante argomento; inoltre, non dava molte possibilità interpretative, per capire al meglio questa importante disposizione.

Dopo la comprensibile sfuriata da parte dell'ingegner Franchini, dottor Falchi chiuse la gara dichiarando:

"In base alle offerte presentate e a quelle esaminate, la gara d'appalto in oggetto è stata aggiudicata all'impresa Russo Domenico spa. Nei prossimi giorni sarà data comunicazione ufficiale con lettera raccomandata, e pubblicata sul sito web del comune."

Subito dopo, i partecipanti uscirono dalla stanza e andarono via; l'ultimo a uscire era Franchini, non prima d'aver lanciato uno sguardo di sfida in direzione del geometra Marino e dottor Falchi.

Quel giorno, l'ingegnere non era solo a seguire la gara, c'erano le stesse persone che avevano assistito, tre settimane prima, al sopralluogo dell'area vasta insieme con il geometra Marino. Franchini era una furia scatenata, non si dava pace e non volle accettare quel verdetto fasullo.

Durante il viaggio di ritorno a Bologna, i suoi collaboratori assistono a vere e proprie sfuriate, da parte del loro titolare. Sembrava che l'ingegnere fosse impazzito e parlasse da solo; ogni tanto i collaboratori cercavano di calmarlo e convincerlo a guidare con molta prudenza. Franchini ogni tanto si distraeva dalla guida, pensava continuamente al ricorso che avrebbe presentato, per quella mancata vittoria, avendo offerto il ribasso economicamente più vantaggioso nei confronti dell'amministrazione appaltante.

Di tutt'altro umore era invece Domenico Russo. Appena dottor Falchi annunciò la sua vittoria, l'impassibilità e la compostezza mantenuta fino a quel momento, cessarono di colpo. Come uscì dalla stanza, telefonò immediatamente la moglie dicendole che aveva vinto la gara. Era felice e pieno di gioia, disse che sarebbe rientrato a casa in taxi; subito dopo si fece passare Antonio e Maria, per comunicare anche a loro la bella notizia. Aggiunse che quella sera avrebbero festeggiato la splendida vittoria, prima di tornare a Palermo.

Quando Domenico tornò a casa, telefonò anche i suoi dipendenti a Palermo, per comunicare la vittoria di quella gara; annunciò a tutto lo staff tecnico di tenere pronte le valigie, perché tra non molto, avrebbero traslocato da Palermo a Milano per seguire il nuovo appalto. Quella sera, in ufficio, dopo aver appreso la bella notizia da parte del loro capo, festeggiarono con bottiglie di spumante, l'importante successo.

Domenico e Rosa, il giorno seguente, fecero ritorno a Palermo. Al loro arrivo, i dipendenti più fidati e vicini al capo, gli fecero una gradita sorpresa: andarono tutti quanti in aeroporto per complimentarsi direttamente con lui. Appena Domenico li vide, si commosse, gradendo quel gesto d'affetto e di stima da parte dei suoi dipendenti.

L'impresa di Domenico Russo era conosciutissima a Palermo e in tutta la Sicilia; era un'impresa solida sia economicamente sia tecnicamente. Aveva tanti lavori sparsi nel sud del Paese e nel nord dell'Africa. Aveva centinaia di dipendenti, tra operai, impiegati, tecnici e dirigenti, tutti professionalmente validi e ben preparati.

Purtroppo, chi non poteva gioire in quei giorni, era l'ingegner Franchini, di umore nerissimo e deciso a presentare immediatamente ricorso, per ribaltare quel risultato ingiusto che non voleva accettare. L'ingegner Franchini era una persona benestante, sulla sessantina, due figlie sposate e una moglie innamorata, signora Franca, che divideva con lui gioie e dolori da più di trent'anni.

Franchini era un uomo taciturno e chiuso in sé stesso; in quei giorni non si presentò in ufficio, si fece sentire solamente per telefono e soprattutto non volle essere disturbato per nessun motivo. Neanche alla moglie disse che aveva perduto la gara; lei, vedendolo in quello stato, non gli fece domande, ma aspettò con pazienza che il marito si riprendesse da quel silenzio assurdo e potesse raccontargli ogni cosa come aveva sempre fatto.

Era trascorsa una settimana da quel tragico epilogo. Il dottor Falchi aveva apposto quella dicitura, dopo aver mostrato il plico agli altri concorrenti; tutti furono d'accordo sul fatto che il plico poteva essere stato manomesso e di conseguenza, a norma del regolamento, doveva essere escluso. Soltanto l'ingegnere conosceva l'offerta che vi era all'interno della busta. Il plico di Franchini, ancora chiuso, era acquisito agli atti, insieme agli altri e conservato nell'archivio del comune; era consapevole che l'apertura del plico gli avrebbe consentito di vincere la gara avendo formulato un ribasso migliore rispetto a quello di Russo. Da informazioni avute il giorno del sopralluogo, Franchini seppe, dal geometra Marino, che questi aveva anche il compito di registrare i plichi della gara. L'ingegnere era sempre più convinto che dietro, ci fosse lo 'zampino' del geometra Marino, per favorire un'altra impresa! In seguito a queste circostanze, Franchini ritenne che Marino l'avesse danneggiato, sia dal punto di vista morale, sia dal punto di vista economico. Decise pertanto di fargliela pagare!

Durante quei giorni, Franchini uscì con la propria auto, una BMW bianca di grossa cilindrata, per recarsi a Milano, lasciando detto in ufficio che andava a vedere un nuovo lavoro in un comune vicino a Bologna. Imboccata l'autostrada intorno alle undici, Franchini aveva deciso, nonostante l'insano gesto che stava perpetrando, di raggiungere Milano; arrivò intorno alle quattordici del pomeriggio. Da informazioni prese in precedenza, seppe che il geometra Marino rientrava a casa sua alle quattordici e trenta, per la pausa pranzo, in Viale dei Grilli 23. L'abitazione di Marino era al terzo piano di una palazzina con custode, e si affacciava su un viale alberato, situato in un quartiere periferico di Milano. Franchini arrivò in anticipo e, con molta freddezza si preoccupò di parcheggiare la sua auto vicino all'ingresso dello stabile. Mentre aspettava l'arrivo di Marino, seduto in macchina, guardava lo specchietto retrovisore e l'orologio, per vedere se arrivava una Punto bianca: la macchina di Marino!

Alle quattordici e trenta precise, vide avvicinarsi lentamente una Punto bianca, andando a parcheggiare più avanti della sua, dalla parte dello stabile. In questo lungo viale, c'era la possibilità di parcheggiare liberamente a qualunque ora. Marino scese allora dalla macchina passandogli davanti, e questi, senza essere riconosciuto, scese anche lui dalla macchina e lo seguì. Quando Marino entrò nell'androne del palazzo, Franchini lo chiamò con voce rabbiosa e disse:

"Geometra Marino!"

Questi, sentendosi chiamare, si voltò di scatto e Franchini in quell'istante estrasse di tasca una pistola calibro nove, e gli sparò due colpi in pieno petto da distanza ravvicinata. Marino si accasciò e cadde a terra in una pozza di sangue.

Arturo, il custode dello stabile, in quel momento stava pranzando con sua moglie in cucina, al piano terra; quel giorno c'era caldo e, Arturo decise di lasciare accostata la finestra della cucina che dava sull'androne. Appena sentì gli spari in rapida successione, si precipitò fuori e vide un uomo riverso per terra, senza vita. Lo riconobbe subito, era il geometra Marino. Istintivamente alzò gli occhi, e vide una gigantesca figura d'uomo, con i capelli brizzolati che s'allontanava in tutta fretta verso la sua auto, partendo a tutta velocità. Arturo non riuscì a leggere il numero della targa, poiché era distante dal luogo dell'omicidio, però notò che l'omicida zoppicava alla gamba sinistra, mentre raggiungeva la Bmw bianca di grossa cilindrata. Dopo quel

tragico delitto, Arturo chiamò subito la Polizia
riferendo l'accaduto; intanto giunsero altre
persone, oltre la moglie di Arturo, attirata dagli
spari.

La Polizia arrivò a sirene spiegate dopo quindici minuti. C'era tanta gente intorno al cadavere che giaceva per terra in un lago di sangue. La Polizia fa sgomberare la folla e recinta il luogo in cui è avvenuto l'omicidio. Il capo pattuglia, subito dopo telefonò in Commissariato per avvertire il commissario Matteo Rinaldi, capo della squadra mobile. Rinaldi arrivò da solo, con l'auto di servizio, una Tipo di colore grigio. Dopo di lui, arrivarono anche giornalisti e televisioni locali, appena la notizia si diffuse. Rinaldi, come scese dalla macchina, si avvicinò subito al cadavere, facendosi largo tra la folla. Vedendo che per quell'uomo non c'era più nulla da fare, chiamò un'ambulanza, la Scientifica e il medico legale. Allora si fece avanti Arturo, il custode dello stabile, e raccontò a Rinaldi che era stato lui a chiamare la Polizia, dopo aver sentito gli spari. Dopo una ricostruzione sommaria dell'accaduto, Rinaldi gli disse di presentarsi la mattina seguente in Commissariato, per raccontare quello che era accaduto. Intanto arrivò la Scientifica, che fece tutti i rilievi del caso, e subito dopo giunse anche il medico legale. Avvicinatosi al cadavere, ne costatò subito il decesso. Disse a Rinaldi di chiamare il magistrato, per avere l'autorizzazione a rimuovere la vittima e trasportarla all'obitorio, per eseguire l'autopsia. Dopo un'ora, terminati i rilievi della Scientifica e i controlli del medico legale, si lasciarono con il commissario, informandolo che il giorno dopo gli avrebbe consegnato il verbale. Ottenuta l'autorizzazione del magistrato, Rinaldi fece accostare l'ambulanza, per trasportare il cadavere all'obitorio. Erano le sette del pomeriggio quando la gente pian piano se ne andò. La dinamica dell'omicidio, al momento sembrava chiara, dopo che Arturo parlò con il commissario.

La mattina seguente, Arturo si presentò in Commissariato per rendere la sua deposizione. Il poliziotto di guardia lo accompagnò nell'ufficio di Rinaldi, dove lo attendeva. C'era un altro poliziotto per verbalizzare la deposizione. Appena entrò, Rinaldi gli chiese di presentarsi e subito dopo lo fece accomodare chiedendogli di raccontare tutti i fatti del delitto avvenuto vicino alla sua abitazione. Allora Arturo iniziò a presentarsi, e disse:

"Mi chiamo Arturo Vitali, sono il custode dello stabile di Viale dei Grilli 23, da trent'anni. Erano le due e mezzo del pomeriggio, in quel momento pranzavo con mia moglie Dora. Sentii due spari assordanti che rintronarono nell'androne, facendomi sussultare. La finestra della cucina era accostata per via del caldo, perciò sentii benissimo quegli spari. Mi precipitai immediatamente verso l'ingresso dello stabile e vidi un uomo per terra in un lago di sangue. Lo riconobbi subito, anche se era riverso su un fianco. Gli avevano sparato due colpi al petto ed era morto sul colpo. Era il geometra Sergio Marino, abitava al terzo piano dello stabile, e rientrava sempre a quell'ora dopo aver terminato il suo lavoro al comune di Milano. Era una persona gentile e educata. Salutava sempre e andava d'accordo con tutti."

"Continui," disse Rinaldi.

"Allora mi affacciai in strada, per vedere se c'era qualcuno. A una distanza di circa venti metri, vidi un uomo alto, robusto e con i capelli brizzolati; mentre raggiugeva l'auto, zoppicava e partì a tutta velocità."

Il commissario a questo punto lo interruppe e gli chiese:

"Ricorda che macchina era?" Rispose Arturo:

"Una BMW bianca di grossa cilindrata!"

"Ha letto la targa?"

"No commissario, era distante e non riuscii a leggerla."

"Che cos'altro vide?" Disse ancora il commissario.

"Sollevai lo sguardo verso le finestre del palazzo che si affacciano sulla strada principale, e notai che nessuno si era affacciato prima, nonostante il rumore degli spari. Soltanto mia moglie Dora, arrivò dopo qualche minuto chiedendomi cos'era successo. Subito dopo incominciò ad arrivare tanta gente incuriosita e spaventata. Allora ho telefonato la Polizia raccontando quello che era successo."

"Che cos'altro ricorda?" Insiste Rinaldi:

"Se lo incontrassi, lo riconoscerei di sicuro," concluse Arturo.

"Bene," rispose Rinaldi. "Firmi la deposizione e si tenga a disposizione!"

Dopo che Arturo se ne andò, squillò il telefono nella stanza del commissario. Era la Scientifica che comunicava l'esito dei rilievi:

"L'arma che ha sparato è una pistola calibro 9, per terra abbiamo trovato due bossoli. La vittima è stata raggiunta da due proiettili, colpendolo in pieno petto, da distanza ravvicinata, morendo sul colpo!"

Il referto del medico legale arrivò di pomeriggio, dopo aver eseguito l'autopsia, e confermò quella fornita dalla Scientifica. Inoltre, il sangue trovato sull'asfalto corrispondeva a quello della vittima. Questi erano gli elementi che aveva in mano Rinaldi fino a quel momento. Non erano tanti, però sapeva come si era svolta la dinamica di quell'omicidio, grazie alla testimonianza circostanziata di Arturo. L'indizio principale per arrivare a quell'uomo alto, robusto e dai capelli brizzolati, era la pista più importante da seguire.

C'era un chiodo fisso nella testa del commissario che non gli dava pace: il movente del delitto! Dalle informazioni acquisite, non era possibile al momento formulare alcuna ipotesi e soprattutto non si poteva escludere nessun dettaglio, anche minimo, per esempio, la Bmw di colore bianco e lo zoppicare dell'assassino. Con questi pensieri che gli ronzavano in testa, Rinaldi pensò che l'inchiesta, per arrivare alle prove dell'omicidio, dovesse partire iniziando a 'scavare' nella vita privata della vittima. Rinaldi pensò di seguire questa pista, dopo aver raccontato al questore tutta la vicenda.

13

Quella sera, i quotidiani locali e nazionali, uscirono con edizioni straordinarie, a grandi titoli, dando ampio spazio alla vicenda. In città, la gente commentava quel fatto di sangue chiedendosi come mai era capitato in pieno giorno, in un viale molto trafficato e soprattutto in un quartiere tranquillo, non avendo mai fatto parlare di sé per fatti delittuosi come questo.

Il giorno successivo all'omicidio, c'era un via vai continuo di persone che portavano dei fiori sul luogo del delitto, per onorare la memoria della vittima. Lo stesso giorno fu decretato un lutto cittadino. Tutti i negozi restarono chiusi, come pure gli uffici comunali. La sera, in seguito alla testimonianza resa da Arturo, Rinaldi convocò l'ispettore Guidi nel suo ufficio, dicendogli di raccogliere informazioni in comune, con molta discrezione sul comportamento della vittima. La mattina seguente, alle dieci, l'ispettore Guidi si recò in comune con la macchina di servizio. Appena entrò, avvertì subito un'aria mesta e silenziosa, all'interno degli uffici e nei corridoi.

L'omicidio di Marino aveva lasciato un segno indelebile tra i colleghi che lo stimavano. L'ispettore Guidi, dopo essersi presentato, iniziò a conversare con l'usciere e chiedere dove lavorava Marino. Allora prese una lista con i nomi dei dipendenti comunali che teneva appesa nel box informazioni e consultandola disse:

"Secondo piano, stanza ventitré, Assessorato ai Lavori Pubblici."

"Grazie," rispose Guidi. Allora si diresse subito al secondo piano e bussò alla stanza ventitré. Dall'interno si udì una voce maschile che disse:

"Avanti." Rispose la voce dell'ingegner Mantovani, capoufficio di quella sezione. Guidi allora si presentò, e mostrando il distintivo di appartenenza alla Polizia, disse all'ingegnere di raccontargli qualche fatto, sulla vita del geometra Marino.

"Era stimato da tutti, soprattutto dai colleghi, per la sua invidiabile professionalità; inoltre, aveva un dono che molti apprezzavano: l'altruismo! Chiunque gli chiedeva un favore, era sempre pronto ad aiutarlo, e non si tirava mai indietro."

"Quali erano le mansioni specifiche del geometra Marino?"

"Era addetto alle gare d'appalto, riguardo i

lavori pubblici del comune. Dopo la pubblicazione del bando di gara, doveva accompagnare le imprese che partecipavano, singole o in gruppo, a prendere visione del luogo, dove si sarebbero svolti i lavori, rilasciando in seguito, un certificato da allegare alla domanda di partecipazione. Oltre a questa funzione, aveva anche il compito di ricevere i plichi presentati dalle varie imprese, contenenti l'offerta che l'usciere gli consegnava man mano che il postino li recapitava. I plichi dovevano essere registrati e posti in un contenitore. Il giorno della gara, all'ora stabilita, Marino portava il contenitore con i plichi, nella sala al primo piano, e lo consegnava al funzionario incaricato, di solito il segretario comunale, che aveva il compito di aprire i plichi e verbalizzare l'offerta migliore.

"Continui," disse l'ispettore Guidi.

"Quel giorno, il trentuno del mese scorso, quando si tenne la gara sulla riqualificazione della vasta area a nord-ovest di Milano, il segretario non era disponibile, per motivi di malattia; questo compito allora fu affidato a dottor Falchi, funzionario dell'amministrazione comunale, che aveva ricoperto quell'incarico altre volte."

L'ispettore Guidi rimase soddisfatto dalle informazioni fornite dall'ingegnere e, dopo averlo salutato, lo ringraziò e andò via. Subito dopo, Guidi scese al primo piano e chiese del dottor

Falchi.

Mentre percorreva il lungo corridoio, un'impiegata gli indicò la stanza del funzionario, la dieci. Guidi bussò, e trovò il funzionario seduto dietro una grande scrivania di legno intarsiato, piena di cartelle e documenti. Guidi si presentò e tolse di tasca il distintivo di appartenenza alla Polizia, per mostrarlo a dottor Falchi; questi, appena lo vide, disse di accomodarsi e in cosa poteva essergli d'aiuto. Allora Guidi arrivò subito al dunque, dicendo che era dispiaciuto per la morte del geometra Marino; gli chiese del giorno della gara, e quando lo vide l'ultima volta. A quel punto, dottor Falchi rispose:

"Il geometra Marino quel giorno era tranquillo, come al solito svolgeva il proprio lavoro con professionalità; ricordo che durante la gara esclusi un'offerta a causa di un plico non perfettamente integro. L'impresa esclusa si arrabbiò e minacciò di fare ricorso."

"Bene," rispose Guidi," "La ringrazio per la collaborazione e le auguro una buona giornata". Dopo quelle parole, l'ispettore Guidi avrebbe voluto fargli altre domande, ma in quel momento non voleva dare l'impressione che stesse facendo un vero e proprio interrogatorio. Inoltre, Rinaldi gli aveva raccomandato la massima discrezione per non insospettire nessuno, poiché l'inchiesta era agli inizi.

In effetti, l'impressione che ebbe Guidi fu che

dottor Falchi volle raccontargli altri fatti, come se
dovesse giustificarsi di qualcosa, ma Guidi non
gliene diede il tempo.

14

A fine mattina, l'ispettore Guidi rientrò in Commissariato e informò subito Rinaldi. Gli disse che c'erano elementi importanti che avrebbero fatto luce ai fini dell'indagine. Rinaldi allora gli domandò di raccontargli cosa aveva scoperto.

"Secondo me, commissario, la chiave di questo delitto è da ricercare nel comportamento del dottor Falchi."

"Continui," disse Rinaldi.

"L'ingegner Mantovani, il capufficio di Marino, mi ha spiegato il tipo di lavoro che svolgeva il geometra, all'interno dell'Assessorato. In pratica, registrava i plichi che presentavano per le gare, e li consegnava al funzionario incaricato, e questi, doveva aprire le buste, contenenti le offerte, il giorno della gara. Quel giorno, il funzionario incaricato a presiedere la gara era dottor Falchi. Egli, mentre parlava, mi dava l'impressione che volesse dire molte più cose, riguardo quel giorno, come se volesse giustificarsi di qualcosa." E continuando aggiunse:

"Penso che dottor Falchi sappia molte più cose di quanto mi ha raccontato e sarebbe opportuno convocarlo in Commissariato per interrogarlo."

A quel punto Rinaldi annuì e gli rispose:

"D'accordo ispettore Guidi, l'idea è buona," disse il commissario.

Appena Guidi uscì dalla stanza, Rinaldi telefonò immediatamente il giudice per farsi rilasciare un mandato di comparizione nei confronti del dottor Falchi. Il giorno dopo, due poliziotti vestiti in borghese, si recarono presso l'ufficio del dottor Falchi, muniti di mandato, e lo invitarono a seguirlo in Commissariato per informazioni che lo riguardavano. Con calma, il funzionario comunale seguì i due poliziotti, pensando si trattasse di un equivoco. Mentre usciva dall'ufficio, disse che sarebbe tornato dopo un'ora, per motivi personali. Giunto in Commissariato, fu accompagnato immediatamente da Rinaldi, che lo aspettava per interrogarlo. Dopo i saluti, Rinaldi gli chiese di presentarsi e, subito dopo lo fece accomodare.

"Mi chiamo Mario Falchi, sono funzionario amministrativo del comune di Milano da dieci anni."

"Mi racconti di quel trentuno maggio, il giorno della gara."

"Quel giorno dovetti sostituire il segretario

comunale, da qualche giorno era indisposto per motivi di malattia. La gara iniziò alle dodici, in perfetto orario. Il geometra Marino mi portò il contenitore con i plichi della gara e si sedette al mio fianco per assistermi."

"Che cosa successe dopo?", chiese Rinaldi:

"Mentre la gara era in corso, il geometra Marino consegnò l'ultimo plico da aprire, che però annullai poiché presentava un lembo stropicciato e di dubbia integrità. Il regolamento mi autorizzava a intervenire e annullarlo. Prima di apporre il timbro, mostrai alle imprese concorrenti l'anomalia di quel plico."

Allora Rinaldi lo interruppe subito e disse:

"A chi apparteneva il plico annullato?"

"All'impresa Franchini di Bologna," rispose dottor Falchi.

"Bene, continui pure", disse Rinaldi.

"Tutti furono d'accordo, vedendo quel plico stropicciato, di annullarlo, eccetto l'impresa di Franchini, che si rifiutò di accettare quella disposizione, sostenendo di aver consegnato il plico in buone condizioni. Franchini si alzò in piedi e andò su tutte le furie, minacciando di fare ricorso anche al Consiglio di Stato, se necessario."

"Prosegua," lo incalzò nuovamente Rinaldi.

"Non accettò questa esclusione, ripeté Franchini, e continuò a urlare indirizzando le sue invettive verso di me e il geometra Marino."

"Bene," la ringrazio della collaborazione e si

tenga a disposizione," disse Rinaldi dopo avergli fatto firmare la deposizione.

Subito dopo, lo fece riaccompagnare in comune dai due poliziotti in borghese.

15

Il lembo stropicciato, a causa del quale il plico fu eliminato, insospettì molto il commissario Rinaldi; poteva essere una semplice supposizione, ma in quel momento, anche il più insignificante dettaglio poteva essere una pista da seguire per arrivare alla soluzione del caso. Allora Rinaldi chiese al giudice un mandato di perquisizione, per controllare più attentamente quei plichi.

Il giorno dopo, con il mandato ottenuto dal giudice, si recò presto in Comune insieme alla sua squadra, tutti in borghese e con discrezione, per non destare sospetti tra gli impiegati e panico tra il pubblico. Come arrivò in comune, fece chiamare immediatamente dottor Falchi e, insieme a lui, si recò in una stanza attigua all'ufficio del funzionario comunale: era l'archivio, dove erano conservati tutti i documenti delle gare d'appalto dall'inizio dell'anno. Rinaldi chiese tutta la documentazione riguardante la gara del trentuno maggio, e dottor Falchi, collaborando attivamente, prese il fascicolo e l'appoggiò sopra un tavolo. Rinaldi allora disse a dottor Falchi di lasciarlo solo e di rientrare nel proprio ufficio, affinché potessero controllare con attenzione tutta la documentazione.

"Bene," rispose dottor Falchi, appena ha finito, mi chiami."

Dopo un'attenta lettura dei documenti, l'attenzione di Rinaldi si concentrò su due dettagli riguardanti i plichi. Il primo, era quello di osservare con particolare attenzione il lembo stropicciato presentato dall'impresa Franchini. Rinaldi lo fece osservare anche all'ispettore Guidi, asserendo che quel difetto non fu dovuto alla consegna dell'ufficio postale o del postino che lo recapitò in Comune; era convinto che fosse stato causato volontariamente da altra persona! Anche Guidi era dello stesso parere.

Mentre controllavano gli altri plichi, il secondo dettaglio che il commissario notò, riguardava il plico dell'impresa Russo. Questo plico conteneva sul retro, in basso a destra, due gocce di ceralacca, che gli altri non avevano. Anche su questo secondo elemento Guidi fu d'accordo con il commissario: poteva essere fatto intenzionalmente! Il commissario allora fece chiamare dottor Falchi, dicendogli che occorreva più tempo per esaminare attentamente quella documentazione, e pertanto doveva portarla via, in forza del mandato rilasciato dal giudice. Il giorno dopo avrebbe ricevuto una lettera ufficiale da parte del giudice, per giustificarne il sequestro. Conclusa la perquisizione, Rinaldi non mancò di ringraziare Falchi per la collaborazione prestata e, dopo essersi salutati, insieme a tutta la squadra e con i faldoni sottobraccio, lasciarono il Comune per rientrare in Commissariato.

Mentre ricontrollava i plichi della gara, Rinaldi era sempre più convinto che fosse capitato qualcosa d'illecito, e che la vittima di quell'omicidio, il geometra Marino, fosse l'anello di congiunzione di quell'intricata vicenda. A quel punto, decise di raccontare al questore tutta la storia e chiedere al giudice l'annullamento della gara, palesemente oggetto di broglio da parte di un funzionario pubblico!

"Bene commissario, proceda pure e mi tenga informato," gli rispose il questore.

Rinaldi decise di convocare nuovamente dottor Falchi e, chiamò il giudice per avere un altro mandato di comparizione, nei confronti del funzionario del comune.

16

La mattina seguente, due poliziotti in borghese andarono a prelevare dottor Falchi dal suo ufficio, per accompagnarlo in Commissariato dove l'attendeva Rinaldi. Quando s'incontrarono, il commissario lo fece accomodare e gli disse:

"Allora dottor Falchi, mi vuole raccontare la verità su come si svolse quella gara?"

Il tono usato da Rinaldi mise in imbarazzo dottor Falchi, il quale chiese di essere assistito dal suo avvocato. Era un suo diritto, e dopo un'ora arrivò. Dottor Falchi capì subito dalle parole di Rinaldi che era stato scoperto; continuare a mentire avrebbe peggiorato la situazione, pertanto decise di confessare. In quell'istante, il funzionario del comune diventò più serio del solito e, senza perdere l'atteggiamento flemmatico che lo contraddistingueva, prima di confessare chiese a Rinaldi un bicchiere d'acqua.

Rinaldi glielo fece portare subito.

"Il geometra Marino, prima del giorno della

gara, mi chiamò dicendomi che c'era un'impresa che partecipava, e che voleva favorire; mi spiegò che si trattava di una cosa semplice. L'impresa favorita era riconoscibile da due gocce di ceralacca apposte sul retro del plico, in basso a destra, mentre l'eventuale plico potenzialmente vincitore, l'avrebbe stropicciato su un lembo, in modo da escluderlo dalla gara."

"Continui," disse Rinaldi incalzandolo.

"In cambio di questo servizio, ci saremmo divisi una mazzetta di cinquemila euro!" Risposi che si poteva fare e così avvenne!"

"Dalle prime offerte esaminate, l'impresa favorita era potenzialmente la vincitrice e, per non correre rischi si evitò di aprire il quarto plico!"

Allora Rinaldi chiese:

"Chi erano queste imprese?"

"L'impresa favorita era quella di Russo Domenico di Palermo. Mentre quell'esclusa era l'impresa di Franchini spa di Bologna."

"Cos'altro ricorda di quel giorno," continuò il commissario.

"Dopo l'esclusione, l'ingegner Franchini andò su tutte le furie, e in tono minaccioso, si rivolse a me e al geometra Marino, minacciando di fare ricorso e, con uno sguardo di sfida, lasciò l'aula e andò via."

"Bene," rispose Rinaldi.

Dopo aver firmato la confessione, Rinaldi lo fece trasferire in carcere, a disposizione del magistrato, con l'accusa di corruzione. Quando Falchi lasciò la stanza del commissario, questi chiamò l'ispettore Guidi e lo informò della confessione resa. In effetti, la pista che aveva deciso di seguire, si era rivelata quella giusta. Ora, era necessario interrogare i titolari delle due imprese per scoprire chi si fosse macchiato di quel delitto!

Per interrogare queste persone, il commissario Rinaldi ottenne i permessi necessari per recarsi presso la Questura di Palermo, e di Bologna, insieme all'ispettore Guidi, e rilasciato dal giudice. Rinaldi si preoccupò anche di far recapitare al comune di Milano una lettera ufficiale da parte del giudice, e indirizzata direttamente al sindaco, con la quale lo informava che era stata annullata la gara del trentuno maggio, riguardante la riqualificazione dell'area vasta a nord-ovest di Milano, a causa di brogli commessi dal funzionario comunale dottor Mario Falchi, tuttora in carcere, a disposizione dei magistrati inquirenti.

Rinaldi si preoccupò immediatamente di informare il questore, data la gravità del fatto, essendo coinvolto un funzionario di un'amministrazione pubblica quale il Comune di

Milano! Il questore, informato sui fatti, incoraggiò Rinaldi, dicendogli di andare avanti nell'inchiesta fino a scoprire l'assassino del geometra Marino!

17

Quel pomeriggio, Rinaldi inviò urgentemente due fonogrammi, alle Questure di Palermo e Bologna, insieme ai mandati di comparizione rilasciati dal giudice del tribunale di Milano. Uno riguardava Domenico Russo e l'altro l'ingegner Franchini. Il primo interrogatorio era previsto tra due giorni a Palermo, mentre l'altro, il giorno successivo a Bologna. Ottenuta una risposta affermativa di collaborazione, da parte delle Questure interessate, Rinaldi, insieme all'ispettore Guidi, partì il giorno dopo, alla volta di Palermo. Il primo interrogatorio Rinaldi lo volle fare a Domenico Russo, titolare dell'impresa favorita e vincitrice della gara di quel giorno. L'interrogatorio di Russo era fissato alle nove del mattino del giorno successivo all'arrivo di Rinaldi e Guidi.

L'indomani, alle nove precise, Russo si presentò in Questura con il suo avvocato. Furono subito accompagnati in una stanza, dove si sarebbe svolto l'interrogatorio. Come entrarono,

Rinaldi li fece accomodare e, rivolgendosi a Russo, disse di raccontare come si era svolta la gara del trentuno maggio nel Comune di Milano.

"Quel giorno la gara si svolse correttamente fino a quando il funzionario incaricato annullò l'ultimo plico, dicendo che non era integro. Allora ci mostrò il plico, effettivamente era stropicciato in un angolo. L'ingegnere titolare dell'impresa andò su tutte le furie e minacciò di fare ricorso contro quel provvedimento, scandendolo con parole forti, quasi minacciose. A quel punto, andò via pieno di rabbia."

"Che cos'altro ricorda di quel giorno," lo incalzò Rinaldi.

"Commissario, le ho detto tutto quello che so, è la verità!" Allora Rinaldi disse:

"Abbiamo le prove che quella gara è stata manipolata a favore della sua impresa. L'abbiamo scoperto osservando il plico che lei ha presentato, dove si vedono chiaramente due gocce di ceralacca sul retro del plico, in basso a destra, che gli altri non hanno, in modo che il funzionario responsabile della gara, riconoscesse quel segno mentre il plico gli passava tra le mani. Questa confessione l'abbiamo avuta direttamente da dottor Falchi!" E continuando...

"Sappiamo anche che questo 'giochetto' era stato fatto altre volte dal geometra Marino, il quale aveva corrotto il funzionario spartendo con lui una mazzetta da cinquemila euro, e anche di questo abbiamo le prove. Inoltre, riteniamo che questa tangente, sia stata data da lei a Marino per corrompere il funzionario del comune e vincere la gara!" Dopo questa foga, il commissario concluse:

"Allora, signor Russo, si decide a confessare e dire tutta la verità, dato che vi è un morto ammazzato in tutta questa storia?"

Russo, dopo quelle accuse, si sentì perduto; le affermazioni del commissario fecero centro, mentre il suo volto diventò scuro e la paura prese il sopravvento. Dopo un momento di esitazione e tenendosi il volto tra le mani, Russo chiese un bicchiere d'acqua e Rinaldi glielo fece portare subito, mentre l'ispettore Guidi batteva le ultime parole pigiando i tasti della macchina da scrivere. Allora Russo disse:

"Io non c'entro con l'omicidio del geometra! Avevo preso delle informazioni sul suo conto e l'ho avvicinato un giorno per chiedergli se mi desse una mano d'aiuto a vincere quella gara alla quale tenevo tanto; avevo in mente grandi progetti su quell'area. Lo conobbi una mattina nel suo ufficio e fissammo un appuntamento di pomeriggio in un bar della piazza del Comune, dove gli consegnai una busta contenente quel denaro. La sera, mi fece sapere che la cosa si poteva fare, dato che il giorno dopo dovevo rientrare a Palermo e volevo definire subito questa questione. Il giorno dopo, partii soddisfatto, sicuro che la promessa l'avrebbe mantenuta. Per il resto, la storia è andata come l'ha raccontata lei, commissario!" "Bene", disse Rinaldi. "Firmi la deposizione!"

Subito dopo lo fece arrestare e condurre in carcere, con l'accusa di corruzione, a disposizione del magistrato.

Di pomeriggio, Rinaldi e Guidi volarono a Bologna, per interrogare l'ingegner Franchini la mattina seguente.

18

Il giorno dopo, alle nove del mattino, arrivò Franchini accompagnato dal suo avvocato. Anche loro, come arrivarono, furono immediatamente accompagnati dal commissario Rinaldi, per l'interrogatorio programmato. C'era anche l'ispettore Guidi, seduto alla scrivania di fronte alla macchina per scrivere, in attesa di verbalizzare la deposizione dell'ingegner Franchini. Come lo vide Rinaldi ricordò la descrizione precisa e minuziosa fatta da Arturo: alto, grosso e con i capelli brizzolati, sulla cinquantina e zoppicante per un difetto alla gamba sinistra. Tutti i particolari corrispondevano esattamente alla figura dell'ingegner Franchini! Con il solito procedimento, Rinaldi disse a entrambi di presentarsi e, rivolto a Franchini, gli chiese di raccontargli della gara di quel giorno, informandolo che un dipendente comunale, che coordinò la gara insieme al dottor Falchi, era stato assassinato vicino alla sua abitazione.

Subito dopo l'ingegnere rispose:

"Mi chiamo Annibale Franchini, e sono titolare dell'impresa omonima. Per ciò che riguarda questa tragica notizia, l'ho appresa dai giornali e mi è dispiaciuto molto. Conobbi il geometra Marino in occasione del sopralluogo, eseguito tre settimane prima della gara. Una persona gentile e competente, che mi fece un'ottima impressione. Dopo il sopralluogo, gli chiesi se volesse unirsi a me e ai miei collaboratori per andare a pranzo insieme. Mi rispose di sì. Propose lui stesso di scegliere il ristorante, poiché era pratico della zona e conosceva bene quei luoghi. Una seconda volta, lo incontrai il giorno della gara, il trentuno del mese scorso, insieme al funzionario del comune dottor Falchi."

"Continui," disse Rinaldi.

"C'erano quel giorno, altre tre imprese concorrenti, una milanese, una romana e una siciliana. La gara si svolse regolarmente fino a un certo momento, quando fu potenzialmente vincitrice l'impresa siciliana. Arrivò il momento di aprire il mio plico e capitò una cosa davvero incredibile: il geometra Marino tolse dal contenitore l'ultimo plico, il mio, e lo consegnò a dottor Falchi con un lembo stropicciato. Dottor Falchi, prima di annullarlo, lo mostrò anche agli altri partecipanti. Quel difetto costituiva motivo di esclusione dalla gara. Mi opposi con tutte le mie forze e mi arrabbiai dicendo che il plico era arrivato integro all'ufficio postale; pertanto, quell'anomalia era stata causata da qualcuno per farmi perdere la gara. Inoltre, la mia ira fu motivata dal fatto che la busta, che non era stata aperta a causa dell'esclusione, conteneva un ribasso migliore, rispetto a quello fatto dall'impresa siciliana. Il vincitore dovrei essere io!"

"Vada avanti Franchini", insiste il commissario.

"Dissi che avrei presentato ricorso poiché, secondo me, il plico era stato manipolato! Andai su tutte le furie e lasciai l'aula insieme ai miei collaboratori, arrabbiatissimo."

A quel punto Rinaldi lo interruppe, e disse:

"Ci risulta, che prima di lasciare l'aula, lanciò uno sguardo di sfida al geometra Marino e dottor Falchi. Può confermare questo ingegner Franchini?"

"Non ricordo", disse Franchini in quel momento.

Allora il commissario continuò a incalzarlo e disse:

"Ingegner Franchini, durante gli spostamenti per lavoro, usa spesso la sua macchina? "Sì, commissario, mi sposto parecchio con la mia auto personale: una Bmw 3000." "Bene," rispose Rinaldi, e continuando disse:

"Sappiamo che lei possiede una pistola, una calibro 9."

"Sì, commissario, è regolarmente denunciata. È una precauzione che mi dà sicurezza, quando mi sposto in macchina per visitare i cantieri!"

"Il giorno della gara, minacciò di fare ricorso a causa di quel verdetto che lei riteneva ingiusto?"

"Sì, commissario, è così! Il mio avvocato ci sta lavorando, appena sarà pronto, lo presenterò. Ho trenta giorni di tempo per farlo."

Franchini cominciò a insospettirsi e disse:

"Perché mi fa queste domande, commissario?"

"Esattamente una settimana fa, alle tredici, la sua macchina è stata segnalata all'uscita nord del casello autostradale di Milano."

Rinaldi tolse da una cartella una foto segnaletica, e la mostrò all'ingegnere.

"Riconosce quest'auto?"

Franchini la osservò attentamente e disse:

"Sì, è la mia!"

Una BMW di colore bianco, con la targa in primo piano che non lasciava alcun dubbio. Franchini la riconobbe subito. Allora Rinaldi notò il volto di Franchini diventare scuro, e continuò:

"Lo stesso giorno, alle due e trenta del pomeriggio, fu assassinato il geometra Marino! Può dirmi perché si trovava a Milano a quell'ora?"

Rispose Franchini, colto alla sprovvista:

"Quella mattina mi stavo recando nell'area vasta, dove un mese fa avevo fatto il sopralluogo insieme ai miei collaboratori e al geometra Marino. Avevo bisogno di altri elementi e fare delle foto da allegare alla domanda di ricorso che stavo preparando insieme al mio avvocato."

Rinaldi capì subito che Franchini tentava di 'arrampicarsi sugli specchi' aggirando la verità dei fatti. Rinaldi non credette a una parola della risposta data dall'ingegnere. E continuando disse:

"Quel giorno, è stato visto all'ora del delitto in Viale dei Grilli 23, scappare in direzione della sua macchina parcheggiata più avanti dell'ingresso dello stabile, dopo aver sparato due colpi con la sua pistola che porta sempre con sé, per motivi di sicurezza. La vittima era il geometra Marino; lei aveva deciso di fargliela pagare, a causa del 'torto' subito, quando stropicciò un lembo del plico, facendolo escludere dalla gara."

Dopo quelle parole, Franchini cambiò tono di voce, il suo volto diventò bianco, e disse:

"Commissario, quello che ho dichiarato è la verità, non ho commesso quell'omicidio, e non conoscevo la vittima. Dopo aver scattato alcune foto in quel luogo, ritornai a Bologna nel mio ufficio."

Rinaldi, nonostante quella valanga di accuse che gli aveva lanciato, rimase colpito dalla reticenza di Franchini; si chiuse in sé stesso e non volle collaborare, anzi negò ogni cosa. A quel punto, e poiché non vi era alcuna possibilità di continuare l'interrogatorio, Rinaldi gli fece firmare la deposizione e lo arrestò per reticenza, con l'accusa di omicidio premeditato! L'avvocato di Franchini in quel momento si alzò di scatto e, rivolto a Rinaldi disse che non aveva nessuna prova per arrestarlo. Rinaldi non si fece intimorire, sapeva il fatto suo. La testimonianza di Arturo era stata preziosa e decisiva e sicuramente l'avvocato di Franchini non era a conoscenza di tutti i particolari di quella vicenda. Inoltre, l'ingegner Franchini negò tutto, rifiutandosi di collaborare!

19

Terminato anche il secondo interrogatorio, al commissario Rinaldi non restò che rientrare a Milano insieme all'ispettore Guidi per stendere il verbale dell'inchiesta e consegnarlo al questore. Intanto a Milano, non si parlava d'altro che dello scandalo della gara truccata e di dottor Falchi, arrestato per corruzione. Tutto era legato all'omicidio del geometra Marino, avvenuto quindici giorni prima. Questo rimbalzo di notizie, tra giornali, televisioni e telefonate anonime, fece arrabbiare il questore, tempestato continuamente da una valanga di chiamate, a tutte le ore, per chiedere a che punto era l'inchiesta e come mai non è stato ancora arrestato l'assassino. Allora il questore chiamò Rinaldi e gli chiese se a Palermo e Bologna gli interrogatori avevano dato dei buoni risultati. Rinaldi rispose di sì, stava completando il verbale dell'inchiesta e domani mattina glielo avrebbe consegnato.

"Mi raccomando commissario, domattina l'aspetto per raccontarmi tutta la vicenda, che sta creando tanto scalpore e tanto malumore, soprattutto negli ambienti governativi."

"D'accordo, a domani," rispose il commissario.

Negli uffici e nei corridoi del comune di Milano, gli impiegati si fermavano a commentare questi fatti. Era la prima volta che succedeva un fatto clamoroso di corruzione, legato all'omicidio di un dipendente comunale, del quale, non si era ancora trovato il vero colpevole!

La mattina del giorno seguente, Rinaldi andò dal questore con i verbali dell'inchiesta appena conclusa. Quando arrivò, bussò nella stanza e si sentì rispondere:

"Avanti."

"Buongiorno," disse Rinaldi entrando.

"Buongiorno Rinaldi, si accomodi, la stavo aspettando." E continuando disse: "Mi racconti questa vicenda, prima che legga i verbali:"

"D'accordo," rispose il commissario. "Tutto ebbe inizio il trentuno di maggio, il giorno fissato per la gara. Le imprese concorrenti, per aggiudicarsi l'appalto, dovevano presentare l'offerta più vantaggiosa per la stazione appaltante, cioè il comune di Milano. La gara consisteva nella riqualificazione di un'area vasta, dove in seguito si sarebbero realizzati insediamenti abitativi e produttivi per dieci miliardi di euro, facendo nascere un nuovo quartiere alla periferia di Milano nord. Uno dei requisiti principali, per essere ammessi, consisteva nella presa visione dei luoghi, requisito indispensabile del bando di gara. A questo scopo fu incaricato il geometra Marino, con il compito di accompagnare le imprese partecipanti e rilasciare, a ognuna, il certificato di avvenuto sopralluogo, documento indispensabile per partecipare alla gara."

"Continui," disse il questore a Rinaldi.

"A questa gara, parteciparono quattro grandi imprese italiane: una milanese, una romana, una palermitana e una bolognese. L'impresa siciliana di Domenico Russo aveva deciso di vincere quella gara, con ogni mezzo, arrivando a corrompere il geometra Marino con una tangente di cinquemila euro, per poi dividerla con dottor Falchi, il funzionario amministrativo addetto quel giorno all'apertura dei plichi. Quel giorno, fu potenzialmente vincitrice l'impresa di Domenico Russo e, per non correre rischi, Marino stropicciò un lembo dell'ultimo plico da esaminare, quello dell'ingegner Franchini. Il plico di Russo fu contrassegnato sul retro da due gocce di ceralacca in modo che dottor Falchi potesse riconoscerlo, e favorire quell'impresa. A quel punto, l'impresa di Franchini fu esclusa."

"Vada avanti, commissario," disse il questore senza perdere una parola del racconto. "L'ingegner Franchini andò su tutte le furie, minacciando di presentare ricorso e lanciando uno sguardo di sfida a Marino e dottor Falchi, prima di lasciare l'aula. Andò via con i suoi collaboratori, arrabbiatissimo, poiché sosteneva che la sua offerta era più vantaggiosa di quella di Russo. Dopo una settimana, Franchini coltivò l'insano proposito di uccidere Marino, autore, secondo lui, della manipolazione del plico." E continuando...

"La documentazione riguardante quella gara, ora è in nostro possesso, sequestrata e allegata agli atti. In questo momento, dottor Falchi, Russo e l'ingegner Franchini, sono in carcere; i primi due hanno confessato la loro colpa, mentre Franchini è stato reticente su molti fatti, nonostante ci siano prove schiaccianti a suo carico, che lo inchiodano quale autore di quell'omicidio, per esempio, la foto segnaletica mentre si recava a Milano il giorno in cui fu commesso il delitto e la testimonianza di Arturo che ammise di poterlo riconoscere, se lo avesse incontrato!"

"Bene Rinaldi, una ricostruzione perfetta," disse il questore.

"Per inchiodare definitivamente l'ingegner Franchini, è necessario celebrare questo processo quanto prima, per due importanti motivi."

"Dica Rinaldi, cosa suggerisce," replicò il questore. "Durante il processo, alla presenza della Giuria e della Corte, suggerirei di procedere a un riconoscimento dell'imputato da parte di Arturo, il custode dello stabile dove è avvenuto il delitto, e fare in modo che il giudice, il giorno dell'udienza disponga l'apertura del plico dell'impresa Franchini, il quale sostiene di essere lui il vincitore della gara; se così fosse, questo sarebbe il vero movente che lo spinse ad uccidere il geometra Marino!"

"Bene Rinaldi, sono d'accordo con lei, apprezzo la sua perspicacia. Mi sembra un'ottima idea. Ci penso io ad allegare una mia nota personale all'attenzione del giudice, affinché tenga conto di questa sua decisione!"

A quel punto, si salutarono e Rinaldi andò via.

Era ancora mattina quando Rinaldi lasciò la Questura per rientrare in Commissariato. Mentre percorreva quel tragitto in auto, ripensò a ciò che aveva appena detto al questore, riguardo l'immediata celebrazione del processo. Era soddisfatto delle ammissioni fatte da dottor Falchi e Domenico Russo, molto meno per quelle dell'ingegner Franchini, che caparbiamente si era rifiutato di collaborare; evidentemente era ancora accecato dall'odio e pensava che il delitto che aveva architettato gli avesse procurato una grande soddisfazione. Ma non era per così. Se avesse dimostrato più pazienza, avrebbe percorso l'iter del ricorso, con più determinazione, senza incorrere in questo gravissimo reato, qual è l'omicidio premeditato, evitando in tal modo il carcere e quello di sconvolgere la propria vita e quella della sua famiglia. Inoltre, la vicenda di Franchini aveva creato una destabilizzazione nell'ambito della sua impresa, creando confusione e incertezza e macchiandone il buon nome. Le conseguenze furono davvero drammatiche, molti lavoratori furono licenziati, pagando le conseguenze del loro capo!

Mentre pensava queste cose, Rinaldi giunse in Commissariato. Intanto, fu depositato in quei giorni il fascicolo, con i verbali dell'inchiesta, presso il tribunale di Milano. Il magistrato di turno, dopo qualche giorno, lesse i verbali, evidenziando in particolare il fatto che ci furono due testimonianze ammesse spontaneamente, quella di dottor Falchi e quella di Domenico Russo. Soltanto l'ingegner Franchini non aveva confessato, anzi, si era rifiutato di collaborare poiché si riteneva estraneo a quell'omicidio, asserendo di non conoscere la vittima. E proprio da lui, voleva recarsi per farlo confessare.

Per fare questo, sarebbe dovuto andare a trovarlo in carcere, a Bologna, e convincerlo a collaborare. Il magistrato incaricato dell'inchiesta inviò un fonogramma per fissare l'interrogatorio. Il giorno dopo, arrivò la risposta da parte del tribunale di Bologna, in cui fu specificato il giorno e l'ora dell'interrogatorio. Questo si sarebbe tenuto nella Casa Circondariale Dozza di Bologna, il più affollato d'Italia e di massima sicurezza! Allora il magistrato si presentò con l'autorizzazione rilasciata dal tribunale e, mostrandola all'agente di custodia, fu accompagnato immediatamente nella stanza, dove di solito avvenivano i colloqui. Dopo una serie di aperture e chiusure di cancelli di ferro, disseminati lungo i corridoi, arrivò la guardia carceraria con il detenuto Annibale Franchini. Il magistrato si presentò e, disse che era stato autorizzato dal tribunale di Milano ad avere un colloquio riguardo l'omicidio del geometra Marino. Aggiunse che, se avesse collaborato e raccontato tutta la verità, avrebbe ottenuto uno sconto della pena per il reato di cui era stato accusato: quello di omicidio premeditato! Allora Franchini, dopo che gli furono tolte le manette, disse che aveva raccontato già quello che sapeva, in sede d'istruttoria, al commissario Rinaldi, e non aveva altro da aggiungere. Affermò inoltre che, con quell'omicidio, non aveva nulla a che fare.

Il magistrato, vedendo che Franchini si chiudeva a 'riccio' e, non aveva alcuna intenzione di collaborare, disse:

"Tutte le prove sono contro di lei. Perché si ostina a non parlare? Se collabora, ha soltanto da guadagnarci e tranquillizzare la sua coscienza!"

Niente da fare, il magistrato continuò a incalzarlo in tanti modi, ma il detenuto era irremovibile; pertanto, non arretrò nemmeno di un passo da quell'atteggiamento fiero e altezzoso. Allora, vedendo che la persona incriminata si rifiutava di parlare, il magistrato si alzò in piedi e, scrollando le spalle, disse:

"Mi dispiace, poteva avere qualche beneficio,

ma vedo che a lei non interessa!"

A quel punto il magistrato chiamò la guardia e lo fece riaccompagnare in cella. Andò via amareggiato, aveva tentato in ogni modo di convincerlo a collaborare, ma Franchini continuava a proclamarsi innocente!

Durante quei giorni, tutta Milano era in fibrillazione. La gente continuava a commentare quei fatti accaduti un mese prima. La corruzione di cui fu accusato dottor Falchi e, l'omicidio del geometra Marino, entrambi dipendenti del comune di Milano, 'catturò' l'interesse della gente, sgomenta e incredula, per aver gettato fango sull'amministrazione comunale. Lo scandalo che si era creato nel comune di Milano rimbalzò su tutti i quotidiani e televisioni.

Le interviste di carattere politico, erano quelle che fecero più scalpore, poiché avevano come obiettivo, quello di allontanare dalla mente dell'opinione pubblica, l'immagine distorta e diffamatoria della città. Ogni giorno, le riunioni del consiglio comunale erano a dir poco infuocate, poiché si cercava di approvare una delibera, per costituirsi parte civile al processo. Fu presentata anche una mozione di sfiducia da parte dei consiglieri all'opposizione, nei confronti della

Giunta comunale e principalmente verso il sindaco, per il fatto scandaloso di cui si era macchiata l'amministrazione comunale!

Ovviamente, l'amministrazione e il sindaco in prima persona, si auspicarono che il processo iniziasse quanto prima, per riabilitare moralmente l'istituzione, offesa da due suoi dipendenti. Era la prima volta che capitava un fatto di corruzione, pertanto, la partecipazione al processo si rendeva necessaria, principalmente per una richiesta di danni, morali e materiali, così da restituire fiducia e affidabilità ai cittadini.

Il processo fu fissato tre mesi dopo l'omicidio del geometra Marino. I giornali e le televisioni diedero ampio spazio alla notizia, chiedendosi come mai, a differenza di altri, questo processo era riuscito a trovare una corsia di favore in così poco tempo, La gente apprese con soddisfazione questa decisione, augurandosi che fosse d'esempio anche per gli altri processi futuri e si potesse così scavalcare l'immensa burocrazia e lentezza alla quale si assisteva da molto tempo, ogni qualvolta si doveva celebrare un processo!

Il giorno fissato per il processo, il tribunale di Milano era pieno fino all'inverosimile. Tanta gente assistette, con curiosità e interesse, al primo processo di corruzione nei confronti di un'istituzione pubblica.

Al processo erano presenti la moglie e il fratello di Russo insieme all'avvocato difensore; la moglie dell'ingegner Franchini e il suo avvocato; la moglie di dottor Falchi e il suo avvocato e, il fratello maggiore del geometra Marino, arrivato da Roma per assistere al processo. Fu presente anche l'avvocato difensore del comune di Milano, costituitosi parte civile. Nella gabbia degli imputati c'era Domenico Russo, dottor Falchi e l'ingegner Franchini, provati e irriconoscibili, dopo quei mesi trascorsi in carcere! Il giorno precedente il processo, Russo e Franchini furono trasferiti dalle rispettive carceri di Palermo e Bologna, a quello milanese di San Vittore.

La Giuria era composta da dodici persone residenti nella provincia lombarda, di diversa età e sesso, aventi diritto al voto e con la fedina penale pulita. Quando entrò la Corte, composta da tre magistrati del foro di Milano, tutti si alzarono in piedi. Ci fu un gran silenzio, e subito dopo il giudice, rivolgendosi al pubblico ministero, lo invitò a formulare i capi d'accusa di quel processo. Allora, rivolgendosi alla Corte e alla Giuria, iniziò l'arringa e disse:

"Signori della Corte, signori della Giuria, il dibattimento di questo processo vede in primo luogo l'assassinio di Marino Sergio, tecnico comunale, a seguito di un fatto di corruzione da parte di un partecipante a una gara d'appalto, bandita dal comune di Milano cinque mesi fa. La gara fu pilotata per favorire l'impresa di Russo Domenico. Questi, consegnò una tangente di cinquemila euro a Marino, che poi aveva diviso con il funzionario comunale addetto alla gara, Falchi Mario, macchiandosi anche lui del reato di corruzione. L'impresa che fu danneggiata fu quella bolognese di Franchini Annibale. Questa fu esclusa dalla gara, poiché era stato riscontrato un lembo stropicciato del plico contenente l'offerta. Franchini, in quel momento andò su tutte le furie e minacciò di fare ricorso contro quel verdetto, sostenendo che il plico fu presentato in condizioni integre all'ufficio postale di Milano e l'offerta racchiusa nella busta, conteneva il ribasso più vantaggioso per la stazione appaltante." E continuando...

"Una settimana dopo la gara, fu assassinato il geometra Marino mentre rientrava a casa in Viale dei Grilli 23; erano le due e trenta del pomeriggio. Ad attenderlo c'era l'assassino che gli sparò due colpi di pistola in pieno petto, a distanza ravvicinata. Marino morì all'istante accasciandosi in un lago di sangue. Quei colpi furono uditi dal custode dello stabile, dove abitava Marino; il custode uscì per vedere cosa era successo, e notò un uomo per terra, che riconobbe subito. C'era anche un altro uomo che si allontanava in tutta fretta, per raggiungere la sua auto parcheggiata più avanti e scappare a forte velocità.

Dopo una brevissima pausa, l'avvocato dell'accusa continuò e disse:

"Abbiamo le prove Vostro Onore, che, l'uomo, che ha ucciso Marino è stato Annibale

Franchini, perpetrando in un momento di follia quell'insano gesto e, dove il movente è da ricercare nell'esclusione della gara!"

Dopo aver sentito l'impianto accusatorio, il giudice volle sentire la difesa. Chiamò per primo Domenico Russo a deporre sul banco degli imputati. Questi confermò la deposizione resa in fase istruttoria. Anche Falchi confermò la sua deposizione. Fu la volta di Annibale Franchini, anche lui confermò tutto, aggiungendo di essere estraneo all'assassino di Marino. La parola passò alla difesa di Franchini che disse:

"Vostro Onore, come si può accusare il mio cliente di omicidio, su semplici supposizioni e, senza esibire una prova concreta di accusa. Quello di trattenere il mio cliente, ingiustamente e senza prove, è un abuso. Fino a questo momento non è stata dimostrata alcuna prova certa, tale da ritenere il mio cliente, un assassino. Inoltre, chiedo a Vostro Onore di aprire il plico annullato del mio cliente, e mostrare a tutta l'aula, l'offerta presentata dal mio cliente, per la quale ha presentato ricorso."

Il giudice, ritenne giusta quella richiesta, poiché il movente del delitto era collegato a quel plico, pertanto, diede disposizione di aprirlo, e mostrarlo pubblicamente. Anche la difesa era d'accordo. Allora il giudice si fece consegnare il plico, e lesse ad alta voce il destinatario, l'oggetto della gara e il mittente. In quel momento vide anche il lembo stropicciato che recava segni di manomissione. Allora tolse dal plico la busta dell'offerta contenente il ribasso d'asta e lo lesse a voce alta:

"Il ribasso è del 18,15%!"

A quel punto, ci fu in aula un brusio generale tra la gente che commentava quel fatto, ma il giudice impose immediatamente il silenzio e il dibattito riprese. Decise di leggere anche le altre offerte aperte il giorno della gara, e mostrò anche le due gocce di ceralacca che erano state apposte nel plico di Domenico Russo. Non c'era alcun dubbio, la gara doveva essere aggiudicata a Franchini, per aver presentato l'offerta più vantaggiosa per l'amministrazione appaltante!

Dopo aver letto le offerte, il giudice chiese se vi fossero altri testimoni. Si alzò in piedi il pubblico ministero e disse:

"Sì, Vostro Onore, chiamo a deporre Vitali Arturo, custode dello stabile di Viale dei Grilli 23, dove abitava il geometra Marino."

"D'accordo", fate entrare il teste, rispose il giudice"

Allora entrò Arturo e iniziò la deposizione dopo aver giurato. Il giudice gli chiese di raccontare il momento in cui sentì gli spari.

"Erano le due e trenta del pomeriggio, in quel momento pranzavo con mia moglie in cucina, e lasciai la finestra accostata poiché c'era molto caldo. Sentii due spari in rapida successione. Uscii subito e riconobbi il geometra Marino, accasciato a terra in un lago di sangue. Istintivamente, e vedendo che era già morto, mi affacciai sulla strada e vidi, a una distanza di circa venti metri, un uomo alto, grosso e con i capelli brizzolati, che raggiungeva la sua macchina, una BMW bianca di grossa cilindrata, parcheggiata più avanti. Notai un fatto strano, cioè mentre quell'uomo si allontanava, zoppicava con la gamba sinistra, per cui, impiegò del tempo per raggiungere l'auto. Così ebbi modo di intravederlo, anche se per poco."

Allora il giudice disse:

"Quella persona si trova tra gli imputati?"

"Sì, è l'uomo che sta in piedi, sulla sinistra," disse Arturo indicando l'ingegner Franchini.

Allora il giudice lo fece uscire dalla gabbia, e accompagnato da una guardia, lo fece camminare fino al banco degli imputati, zoppicando sotto lo sguardo attento di Arturo. Il giudice, rivolto ad Arturo, disse:

"È questo l'uomo che vide allontanarsi quel giorno, dopo l'omicidio del geometra Marino?"

"Sì, non ho dubbi, è lui!"

E rivolto all'ingegnere, disse:

"Ha qualcosa da dire in proposito, signor Franchini!" "L'ingegnere in quel momento scoppiò in un pianto dirotto, ammettendo la sua colpa e dicendo che l'aveva fatto poiché quella vittoria spettava a lui!"

Dopo quel confronto, Franchini tornò in lacrime nella gabbia degli imputati. C'era ancora un'altra persona da ascoltare in quel dibattimento, l'avvocato difensore del comune di Milano. E rivolgendosi al giudice, alla giuria e all'aula, spiegò il motivo della sua presenza al processo.

"Ho ricevuto l'incarico di tutelare l'immagine e l'affidabilità dell'amministrazione comunale di Milano, dalle maldicenze e dal fango buttato addosso dall'opinione pubblica e, chiedere i danni morali e materiali causati dagli autori del reato di corruzione."

Dopo una vibrante requisitoria da parte dell'avvocato, il giudice chiuse il dibattimento e invitò la Giuria a ritirarsi in camera di consiglio per deliberare. L'udienza riprese di pomeriggio. C'era molta più gente in aula, tanto che non poté contenere tutti, per cui, molti restarono fuori ad attendere il verdetto finale. Alle sedici entrò la Giuria e subito la Corte. C'era un gran silenzio in aula.

Allora il giudice, rivolgendosi alla Giuria, disse:

"Avete raggiunto un verdetto?"

"Sì, Vostro Onore," rispose il capogruppo alzandosi in piedi e, rivolgendosi alla Corte, disse:

"Si dichiarano gli imputati Falchi Mario e Russo Domenico, colpevoli del reato di corruzione; si dichiara l'imputato Franchini Annibale, colpevole del reato di omicidio premeditato, nei confronti di Marino Sergio."

A quel punto, la Corte si ritirò per deliberare. Era trascorsa un'ora, da quando il giudice entrò in camera di consiglio. Finalmente, dopo quasi due ore, rientrò in aula per leggere la sentenza finale. C'era un gran silenzio in aula, tutti si alzarono in piedi e il giudice lesse il verdetto.

"Questa Corte dichiara l'imputato Falchi Mario, colpevole del reato di corruzione e lo condanna alla pena detentiva di anni sette, e al risarcimento di quindicimila euro, nei confronti dell'amministrazione comunale di Milano, per danni morali e materiali. Dichiara l'imputato Russo Domenico, colpevole del reato di corruzione e lo condanna alla pena detentiva di anni cinque, e al risarcimento di quindicimila euro, nei confronti dell'amministrazione comunale di Milano, per danni morali e materiali. Dichiara inoltre l'imputato Franchini Annibale, colpevole del reato di omicidio premeditato, nei confronti di Marino Sergio, e lo condanna alla pena detentiva dell'ergastolo. Le suddette condanne sono da scontare nella Casa Circondariale di questa città."

La Corte abbandonò l'aula, dichiarando chiuso il processo. Subito dopo, iniziarono in aula i commenti, provocando un forte brusio. Per molti la sentenza era stata severa ma giusta; anche l'avvocato difensore del comune era soddisfatto, dichiarando, alla stampa e alla televisione, che la sentenza aveva restituito immagine e affidabilità a tutta l'amministrazione comunale e a tutta la città. Anche il fratello del geometra Marino era contento del risultato, dichiarando che la giustizia aveva trionfato! Le persone che invece non accettarono quella condanna furono le mogli di

Russo e di Franchini, ritenendola pesante e ingiusta. Mentre resero queste dichiarazioni, videro passare in quel momento i loro mariti, ammanettati e in lacrime, portati via dalle guardie per essere condotti in carcere. Le mogli piangevano, volevano abbracciare il loro marito, ma non era possibile. A quel punto, tutti abbandonarono l'aula, e la folla si disperse.

Il giorno seguente, i quotidiani uscirono a tutta pagina con la notizia del giorno: la sentenza definitiva sulla corruzione negli appalti del comune di Milano. Anche le televisioni diedero ampio risalto a questa importante notizia. Molta gente, commentando la sentenza, affermò che le condanne erano molto severe ma giuste. Era la prima volta che si celebrava un processo per corruzione a Milano. Questo fatto lasciò una ferita indelebile nell'opinione pubblica della città e del Paese intero. La gente sperò tanto che quell'episodio non si fosse ripetuto in futuro, per non danneggiare l'immagine della città.

I commenti più accesi della gente, erano rivolti principalmente al fenomeno della corruzione, infiltrandosi negli apparati pubblici, piuttosto che parlare dell'omicidio del tecnico comunale, che truccò l'asta! Dai commenti delle persone, sembrava che la notizia dell'omicidio fosse meno importante che quella riguardante l'infiltrazione della corruzione attraverso personaggi apparentemente onesti, e sopra ogni sospetto. Ma se il potere è stato da sempre comprato per mezzo del denaro, la corruzione ne è un esempio clamoroso! Il reato di corruzione è sempre stato un grosso problema per il nostro Paese, difficile da debellare, ben radicato e attivissimo in molti apparati burocratici. È la chiave d'accesso più comoda per arrivare al potere, sia economico sia politico. Tra l'altro, è una piaga abominevole da estirpare con forza, così da evitare di mettere a repentaglio la propria vita, e quella degli altri.

Nota

Questo libro è un'opera di fantasia, anche i personaggi sono immaginari. Ogni riferimento a persone, luoghi esistenti e fatti accaduti è puramente casuale.

L'autore

Giuseppe Ciccia (1947) è nato in Sardegna, dove vive e lavora. Ama la sua terra, la sua cultura, le sue tradizioni. Dopo le esperienze di viaggio in Israele, Costa d'Avorio, Portogallo, Inghilterra e Spagna, si dedica alla scrittura con slancio ed entusiasmo, pubblicando romanzi, racconti e gialli. Scrive per passione e per essere libero. Quando scrive, non si cura delle interferenze esterne, tanto meno si preoccupa della censura. La vera libertà è poter scrivere di tutto, anche esprimere rabbia o ribellione. Una società dove si possa scrivere ogni cosa, è sicuramente una società migliore, e quest'opera, gli dà l'opportunità di esprimere liberamente il suo pensiero.

Tra le sue opere: *Il rifugio di ghiaccio, La ragazza dal cappotto rosso, I due volti dell'inganno.*

GIUSEPPE CICCIA
Il rifugio di ghiaccio

A pochi chilometri da Matera, in un altopiano aspro e selvaggio, c'è un piccolo e accogliente albergo incastonato nella roccia, chiamato Il rifugio. Ai piedi dell'altopiano, sono nate da oltre cinquant'anni tante abitazioni, anch'esse scavate nella roccia, formando un piccolo villaggio. La struttura singolare delle abitazioni rende il villaggio molto interessante, divenuto col tempo, meta di numerosi turisti. Antonio è il proprietario dell'albergo, assieme alla giovane moglie Maria e alla sorella Carmela, trasferitasi dopo aver divorziato. Qui la vita trascorre lenta e noiosa, al ritmo di vecchie abitudini che nessuno ha mai cambiato.

GIUSEPPE CICCIA
La ragazza dal cappotto rosso

È la storia appassionante di un professore di liceo parigino. Un giorno salva la vita a una ragazza sconosciuta che vuole suicidarsi. La ragazza sparisce dimenticando il suo cappotto, un libro e un biglietto del treno per Madrid. Il professore è colto all'improvviso dal desiderio irrefrenabile di cambiare la sua vita monotona, abbandona la scuola e si mette sulle tracce della ragazza. Durante il viaggio in treno legge il libro, è affascinato dall'autore e vuole conoscerlo.

Sicilia, estate 1997. Nello scenario spettacolare e incantevole della Valle dei Templi, s'incrociano le vite ambigue di Alfred, distinto uomo d'affari tedesco, di sua moglie Erika, bella e seducente, e di Aron, giovane guida turistica in fuga dai ricordi del passato.

In libreria digitale

AMAZON

Finito di stampare nel mese di novembre 2021